詩 한 줌이 너였다가

J.H CLASSIC 080

詩 한 줌이 너였다가

임영만 시집

지혜

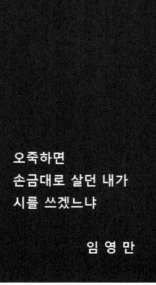

오죽하면
손금대로 살던 내가
시를 쓰겠느냐

임 영 만

시인의 말

신촌 로터리 은행나무 아래로

매미 울음소리가 가득 내려옵니다

가득가득 서러워집니다

가만 생각해보니

목놓아 울어본 적이 언제인지

그리워 대성통곡을 하고 싶거든,

그대가 내게로 오라

날들이여 날들이여

수많은 그들과 나의 오랜 이야기를 여기 하려 합니다.

2021년

임영만

차 례

시인의 말 —————————————— 5

1부 하여 인생이 아름다운 거지

그 언덕 ————————————————— 12
오래된 최중령 ——————————————— 13
詩 한 줌이 너였다가 ————————————— 15
길 ————————————————————— 16
게딱지에 밥을 비비며 ————————————— 17
쉽싸리 ——————————————————— 18
풍장의 노래 ———————————————— 19
비접촉 경계면에서 ——설미자 여사께 ——————— 20
몽당연필 —————————————————— 21
예외상태 마지막 악장 ————————————— 22
내가 한때 詩였을 때 ————————————— 23
내린천 ——————————————————— 24
미나리꽃 필 무렵 ——————————————— 26
時人의 다락방 ——————————————— 27
花蛇酊 ——————————————————— 28
대합실에서 ————————————————— 29
슬픔을 이해하기 위한 일곱 번째 사유 —————— 30
구정 수담手談 ——————————————— 31
석모도 ——————————————————— 32

관계자 외 출입 금지 ——————— 33

칙간부치 ——————————— 34

골목길 ——————————— 35

줄 끊어진 연처럼 ——————— 37

곡차에 길을 묻다 ——————— 38

2부 무엇으로부터의 사색

등뼈 굽은 소나무에 관한 테제 ——— 40

모노크롬 헌시獻詩 ——————— 41

여기는 북위 37.44도 ——————— 42

칼의 부활에 대한 다섯 번째 고려 ——— 43

말라죽은 선인장과 카인을 위한 노래 ——— 44

굴삭기 ——————————— 45

옻닭 ——————————— 47

화장火葬 연습 ————————— 49

찌그러진 깡통에 관한 사소한 고해 ——— 50

양말적 혁명 ————————— 51

흥부의 슬픔에 대한 별첨 보고서 ——— 52

앞사발이 ——— 53

부러짐에 대한 시편詩篇 ——— 54

물만두 익을 무렵 ——— 55

시를 쓴다는 것은, 탈고脫稿 사흘째 ——— 56

목욕탕에서 시 읽기 ——— 57

완벽히 오래된 녀석 ——— 58

개뿔도 아닌 것을 위한 노래 ——— 59

뒤통수 혜존惠存 ——— 60

층층層層시하 무채색 고해 ——— 62

3부 검은머리쑥새

검은머리쑥새 ——— 66

지독한 놈 ——— 67

바람꽃 ——— 68

못질을 하며 ——— 69

허파꽈리 ——— 70

밤송이 —————————————— 71

질경이 —————————————— 72

할미꽃 —————————————— 73

소국小菊 —————————————— 74

점박이귤빛부전나비 ———————— 75

감자꽃 —————————————— 76

경칩驚蟄 —————————————— 77

목신目辛의 오후 ———————————— 78

묵사발 —————————————— 79

횡단보도 건너 삐리리 오는 봄 ——— 80

고드름 —————————————— 81

봄, 봄이로세 ————————————— 82

해설 • 크게 한번 울어볼 만 하구나! • 황치복 —— 84

1부

하여 인생이 아름다운 거지

그 언덕

해가 지고 또 지고 지고
내가 백발이 성성해져도
이야기가 있는 그 언덕이 그리울 거다
애당초 어느 야만에 가담하여 떠나는
나를 배웅하던 푸른 느티나무는 여전한가
칠월의 눈빛 고운 바람이 도도해져
태양을 침몰시키고
달을 인양하는 어느 날일까
작은 벤치에 마주 앉아
떡 구운 눈물 한 방울 작은 강물을 이루어
슬픔에 오열하는 날일까
황촉을 태워 첫닭을 울리고 마는
불면의 날은 가고 머리 풀고 춤추는
엉망으로 늙은 매미 울음소리 같은 날일까
그 어떤 자욱한 날일까
몇 번이고 몇 번이고 돌아왔을 그 언덕
느티나무와 작은 벤치에
미움도 슬픔도 모두 잘 있을 거다.

오래된 최중령

그러니까 그곳 공영주차장
거길 지날 때면 합스부르크 왈츠가 들린다
관성慣性으로 행진하던 삶을 잠시 주차하고 돌아선
최중령의 이마는 칠이 벗겨지고 녹이 슬어가고 있었다
거나하게 취한 자들이 전선에서 돌아오는 길
모노레일위 시운전 열차가 차창을 열고 토악질을 한다
이 생생함은 일종의 자아의식이다
이 지상의 모든 슬픔이 소진될 때까지 이어질 태세이다
저물고 저물어 캄캄해져 가는
청춘의 강은 음악처럼 흘러가고
정의로웠던 시절이 풀꽃처럼
몇 번이고 피었다 울고
네온도 울고불고 울어도 내가 울어야지
네가 왜 우느냐
최중령의 뇌 조직은 고온다습하여 눈물이 많다
말구유 냄새가 지려와도
시간 속으로 도주해버린
군마를 찾아서 휘파람소리 울리며
갈 때까지 가볼 심산인가보다
고단한 하늘은 비를 내리신다더니 별을 띄웠다

그가 달지 못한 똥별이 술잔에 잠기고
최중령은 합스부르크에서 부식되어 가고 있다.

詩 한 줌이 너였다가

수많은 너의 너 중에
함께한 지난겨울
벽난로의 따스함과 눈 위에 새겨진
하얀 이름이 너였다가
아주 먼 데서 오랫동안 천천히 오고 있을
운명 같은 기다림이 너였다가
먹먹하다 지워지지 않는다
지금보다 더 밝은
이름을 갖지 못한 별자리를 아무리 외워보아도
하루에 세 번 식후 30분마다
늘 삼키는 것이 너였다가
어떤 일이 있어도
너에게 돌아가지 않으리
선득선득 생선 가시처럼
목 끝에 치밀어 오르는 무엇이 너였다가
별이 하나 뜨고
여차여차 떠오르는 별 또 하나가 너였다가
어디에도 없고
어디에도 있는
쥐똥만 한 詩 한 줌이 너였다가

길

길이 살아있는 형식은
어디에도 있다는 것이다
이토록 도저한
환난과 상실의 시대에
불꽃의 삶을 꿈꾸기에
지금의 걸음이 초라할지라
타인의 그늘 속에 근근이 지나온 길을
침잠하게 지워버리고 싶을지라도
우리 생애에 거짓을 고하지는 말자
안경알을 닦으며
불면으로 빼빼해진 시집을 덮고
오늘사 열린 하늘을 보면
왈칵 터진 길은 비로소 시작된다
지난날 길을 내달렸던 아이는
고유명사로 성장하여 무청 같은 생애를 돋우며
한 잔의 물을 마시고
모자를 벗어 웃음 지으며 나선다
보여? 파랗게 돋아나는 저 길.

게딱지에 밥을 비비며

밥상머리 게장이 맛깔스러워
게딱지를 화~악 뜯었다
게야 미안 미안타
통성기도 중인 줄 몰랐다
도무지 바로 걷지 못하고
옆으로 엄금엄금 기어올라
밥상머리에 엎드려 울어야 하는
서러운 네 몸짓의 의미를 미처 몰랐다
슬퍼하지 마라
이제부터라도 허위적虛僞的 거리지 않고
나도 옆으로 옆으로 이웃 돌아보며 살다가
네가 살던 구럭으로 돌아가겠다
게딱지에 바다가 가득 고여 온다.

쉽싸리

묽은 수채화를 말리고 있다
홀연 부서져
회한으로 층층이 쌓이고 말겠다
영원하자는 약속 같은 것은 하지마
구구히 흐르는 물소리에
매무새 고치는 여인의 속살 같은
청초한 몸짓으로 하고 싶은 이야기마저 하여도
그리움을 모두 헤아릴 수는 없지
에데 산다는 것이
한번 피워서
달랠 수 있는 것인가
왜 피고 지는 것은
이토록 그리움을 형용하는지
쉽싸리 엉엉거리는 소리를 들으며
수채화 위에 한 줄의 시를 쓴다.
사그라지지 않을
달랠 수 없는 지순地純에 대하여

풍장의 노래

시가 너무 길다고
반만 실어준 잡지를 읽으며
나머지 징조를 읽어내는 건
시인의 몫이라며
족발 대짜를 뜯다가 휘두르다가
문학이 죽었느니 어쩌니저쩌니
정아는 티벳으로 풍장을 하러 떠나갔다
이윽고 습골拾骨의 시간
수평을 긋고 화강암처럼 누워
폐문부재 소인이 찍힌 수취인 불명을 소지燒紙한다
풍화의 순도는 낮아지고 시간이 간결해지면
이윽고 철학이니 얼혼이니
모든 날 모든 순간
파양의 모든 연緣들은 사라지고
사라짐으로 아름다운
그대 오롯이 펄럭인다.

비접촉 경계면에서
— 설미자 여사께

모든 것이 잊히던 날 강가에는
내내 바람이 불었습니다
풍지風紙처럼 가녀린 떨림
기억되지 않을 회귀 속에
그래도 내가 있기를 기도합니다
말갛게 손등을 스치는
하얀 기억의 경계면에
홀로 선 당신이여
내내 어여쁘소서

몽당연필

나무에서 뽑혀 나온 사내
침 칠해서 꾹꾹 눌러
인생에 대하여 써 내려가는 데
이야기는 휘발성 있게 날아간다
하루가 하루에 내어주듯이
그저 날 선 칼춤에 세파世波를 사위었을 뿐인데
인생이 자잘해져 가네 어허 어이하라고
여인 품에 불쑥 발기를 해봐도
그야말로 닳아버린 실뿌리로
달려드는 세월도 막아서지 못하는 주제에
웃지 마
그러는 너는 누구에게 몸 주고
마음 주고 몽땅 주어 본 적 있나?
정 많기로 따지자면
이 친구만 한 게 또 있으랴
한번은 절언切言하고
자존마저 버렸더만 사각사각 깍지에 꽂혀 찾아오더만
인생 철학은 무슨 개뿔 아무려면 어때
초라하면 짜리하면 몽땅하면 어때
그래 같이 잘 지내세
살다 살다 너무 잘아지면 깍지에 더부살면 되지

예외상태 마지막 악장

막장으로 밀어내기로

끄덩이 잡고 죽기 살기로 엉켜

알약을 삼키고

분을 삼킬지라도

그대의 모든 것을 삼인칭으로 바꾸지는 않기로

설령 색깔이 달라 진영을 마주하여도

이름 석 자 난장에 던져넣지 않기로

미처 이름을 갖지 못한 대성통곡의 길을 걸으며

살구색 깍지가 풀려 얼음 같은 이성과 논리만 번득여도

마땅하다 마땅하다

매번 죽고 매번 살아났던 박동을 멈추고

혁명을 꿈꾸는 방식이 달랐다 하여

그러한 숨결마저 한때라고 외면하지 않기로

너무 아름다워 詩가 되지 못하거나

끝내 이루지 못한 정령이여

가여워라

그러므로 이제 에스메랄다를 떠나자

파천황의 예외상태 마지막 악장을

나직나직 부르며

내가 한때 詩였을 때

대지 위에 살아있는 모든 것을
사랑해야지 외마디 노래가
차가운 그대의 가슴을 열지는 못할지라도
가만히 입술을 깨물어
아주 길고도 낯선 여행을 준비하는
대지의 끝 거기쯤
얼마의 시간을 매몰시키고
한 모금씩 덜어내어 결국 빈 병을 만들어내는
그리하여 하늘을 나는
저~기 아름다운 인생을 이야기할 때
이레를 넘기고 나흘이 지나고도
몇 번이나 얼었다 녹으면서 탈고를 기다리는
그대의 몸에서 자라고 있는
꼭 나를 닮은 시간들에게
이제는 내 것이 아닌 지고한 열정들과
정녕, 나를 옹호한
그 많은 철학들에 고하노니
내가 한때 詩였을 때
가슴은 뜨겁고
가이없는 텅 빈 아름다움을 기억하라

내린천

어느 날
캔버스에 물감을 풀던 이의 손을 잡고
저 유려함과 자분한 격정으로부터
무엇이든 맑게 물들어오는
운명의 경계를 향하여
우회전 우회전하여 달려갈 거다
내 마음속 맑은 영혼의 시냇물 소리
메조소프라노의 음역을 들으러
늙은 느티나무 옆으로 비탈길을 구불구불
네가 아니면 어디서 이런 호사를 누릴까
강물이 보이는 카사를 지나
한사코 명치 끝을 저미는
사업에 실패한 기막힌 시절의 이야기를
주섬주섬 섬기는 순댓국집을 지나
레테의 강줄기를 따라
예각으로 꼭 반 뼘 세상과 어긋나있는
창고형 커피숍을 지나
그리움으로 채색되는 너라는 행성을 지나
　요약하면 뇌하수체가 슬픔으로 가득한 여자가 사는 아파트를
지나

머무르지 않음으로 사라지지 않을
오랫동안 깃들지 않아도 정령 내가 돌아갈
멀리멀리 정아가 있을지도 모르는
저 강을 지나

미나리꽃 필 무렵

그리움에 겨운 사람들이
저마다 파랗게 무릇무릇 피어나는
각양으로 치열하게
천착하여 진창에 박히거나
떨쳐 일어나 죽기로 살아내거나
몇 할의 고독과
몇 할의 총화로
무수히 돋아나는
그리움이 웃자라지 않기를
저고리 속만큼 희고 희어져
우우우 어루만지듯 뽀얀 미나리 꽃이
그토록 살갑게 필 무렵
낮은 목소리로
그대의 슬픈 이름을 부르며
고샅을 나서거나
누구에게도 전해지지 않을
그 꽃이
그토록 절박하게 필 무렵
그대와의 기억을 모두 상실하거나

時人의 다락방

그리움을 모아놓고 산다는
시인의 다락방
時作 노트에 뽀얗게 내려앉은 세월을 후~욱 불어낸다
무수히 부유하는 기억의 편린들
젊은 날 절며 절며 이곳으로 퇴각하였지
그리움도 하나의 길인 것을 알았다면
바람 앞에 그토록 목말라 하지는 않았을 것을
저 미친바람을 그토록 좋아했는지
창밖 멀리서 여인이 참깨를 털고 있다
우수수 우수수 많이도 쏟아진다
시인을 저렇게 거꾸로 털어내면 무엇이 나올까?
동전 몇 닢
개나 줄 자존 몇 조각
그리움 몇 알
여인도 시인이 아는 그리움 하나쯤은 품어 봤을 진데
짐짓 모르는 척 톡~톡톡 잘도 털어낸다
바람이 불어온다
참깨 향이 참 시원하다
그리움을 모아놓고 산다는 시인의 다락방에서는
서러울 것도 가난할 것도 없는 한줄기 미친바람이
짙푸른 그리움과 한 편의 서정을 단정하게 키워내고 있다.

花蛇酎

뱀 같은
냉철한 이성으로 살아야 할 텐데
가끔은 머리를 고추세우고
센 놈에게 지랄을 떨 줄도 알아야 할 텐데
똬리를 틀고 앉아
인생의 생성과 소멸에 대하여
명상할 줄도 알아야 할 텐데
한번 마음에 엮인 이는
감아서 죽도록 품을 줄도 알아야 할 텐데
허물을 벗어
남의 허물을 감싸 안을 줄도 알아야 할 텐데
온 생을 모아
나로 술을 담아
사랑하는 사람들을 불콰하게 먹여
시름을 잊게 해주기도 해야 할 텐데

대합실에서

짙은 선글라스를 쓰고
낡아 빠진 배낭을 든 사내 대합실로 들어왔다.
떠나는 것일까
돌아가려는 것일까
사내는, 허기진 장기臟器에 자판기 커피를 부어 넣고
종이컵을 버려진 컵 위에 포개버렸다
컵 사이에서 식은 커피가 울컥 흘러내린다
눈물이라 했다
언제부터 대합실에서는 얼마쯤의 눈물과 단호한 선택이
승차권 가격에 포함되어 간간이 발매되어 왔다
눈물과 선택은 대합실에서 누리는 마지막 자유
기차가 소나무를 헤치고 산속에서 내려온다
사내는 반듯한 시계탑에 그림자를 걸쳐놓고
기차를 타고 홀연히 떠나갔다
그림자가 필요 없는 세상으로 가려는 걸까
아님, 돌아오겠다는 약속일까?

슬픔을 이해하기 위한 일곱 번째 사유

슬픔이 아름다울 때가 있다
하여 인생이 아름다운 거지
바람 시원하고 양지바른 곳에
빠샤는 엉엉 울다 천상에 오르고
날마다 오장육부에 차곡차곡 채워지는 질량의 법칙이
빠샤의 눈빛만큼 슬프고
가난해서 착한 눈물이 차라리 아름다웠다 기억하자
간헐적으로 울컥거리는 슬픔의 의미는 곁에 있고
길 가생이부터 생애는 서서히 점령되어 가고 있다
주어진 무게만큼 감당하고자 꽃을 피우는 이면에
녹슬어가는 소리가 더욱 서럽다
그저 나약하고 어리석었을 뿐
미안하다 울음을 많이 쌓아 놓아서
슬픔을 발명한 자는 알고 보면 자신이다
더러는 돌아오는 길
언덕에 올라 목 놓아 울어보자
우리의 슬픔에 속한 인생에 대하여 이야기하자
때로는 슬픔이 아름다울 때가 있다
하여 인생이 아름다운 거지

구정 수담手談

수담을 나누어 보세
이 바닥에는 위아래가 없어 좋다
풍찬노숙 인생살이 흑싸리 껍데기도
약으로 쓰이는
피가 주인 되는 참 세상이로다
속 풀이 북어 대가리 때리던 솜씨로
착착착 때리고 또 때려보세
싹쓸이는 꿈도 꾸지 마라
돌고 돌아 더불어 사는 것이 이 판이거늘
집 나간 년 이번 명절에는 돌아오려나
아닌 밤에 멧새 울어대니
고돌이 청단이로다
광을 찾아 떠도는 부나방 너는 광박
민초를 우습게 아는 이~놈 너는 피박
내력 모르고 돌아가는
물레방아처럼 삐걱삐걱 돌아보자
너에게 건다 쓰리고three-go

석모도

밤새도록 몰아치다가

새벽이 되어서야 달래기 시작하였다

바다는 까무러치고

태양은 환호작약歡呼雀躍 떠오른다

너를 맞으러 보문사 층계를 오르리라

거기에는 바다로 나가 돌아오지 않는 바람

그 푸른 이름이 봉헌奉獻되어있다

우리는 여기에서 바다를 깨닫고

일렁임을 배우고 그리움을 시주하여야 한다

바다로 나간 그들이 바람을 앞세워 돌아왔다

잘 차려진 조반 위에 단정이 차지하고 앉은

지난밤 나누던 반추의 영토領土에

어떤 바람이 나의 가난한 노래를 탕진蕩盡하게 할까?

관계자 외 출입 금지

여자가 붉은 노끈으로 묶인 푸시킨 시집을 들고
'관계자 외 출입 금지구역'으로 들어갔다
투박한 쇠문에 내걸린 원천봉쇄
내게로 명징明澄 되는 관계자 외
저곳에 들어가려면
어떤 관계를 해야 하나? 일단정지
도무지 고립된 중력은 적막강산이다
어쩌면 잠시 켜진 붉은 신호처럼
금세 파랗게 열릴 것도 아니면서
관계를 요구하는 붉은 사선은 가진 거라고는 두 쪽뿐
제왕절개 출신인 나에게 적용되는 일천한 금기인가
신이여, 나를 미치지 않게 하소서*
'관계자 외 출입 금지구역'에 들어가려면
어떤 관계를 해야 하나
아주 적나라해야 하나
어쩌나

* 푸시킨의 「신이여, 나를 미치지 않게 하소서」 부분 인용.

칙간부치

머무르는 곳이 아름다운 당신
사색을 타고 앉아 혼자여도 좋다
사는 것은 외로 가는 길이기도 하고
줄줄이 내려놓는 외마디 비명이기도
이곳에는 눈물 말고
흘리지 말아야 할 것이 또 하나 있다
비움은 위대하고 의미는 고립되었다
그래도 어찌할 수 없는
강물과의 내통은 용서하겠다
부르르 온몸을 흔들어 육신이 빠져나가고
뼈마디도 영혼도 강물에 녹아들어
헐벗은 것은 가난 때문만은 아닐진저
얼마나 황홀한가
지키려는 애절함도 취하려는 발버둥도 없나니
홀렁홀렁 거듭나는 것을
자네는 여기서 미련 없이
엉덩이를 까고 강물과 소통하게
난, 내가 본 것을 아무에게도 이야기하지 않겠네.

골목길

세상과 한판 붙어 보고 싶어
곱창구이 안주 삼아
밤 이슥토록 소주 퍼마시고
더듬더듬 걸어가는 길
혼자 마시는 소주는 서럽지만
혼자 걷는 골목길은 아늑하다
어디에든 길은 있고
여차 저차한 인생이 걸어간다
곱을 살라 먹던 손가락으로
콧구멍을 후비며 창자 같은 길을
구불구불 걸어간다
어두울수록 막다름이 있을수록
햇살보다 달빛이 눅눅할수록
와장창 악다구니가 있어도 좋다
젊은 방황의 길을 달리던 때도
넌출을 뻗쳐 발버둥 칠 때도
아파하던 기억을 지워갈 때도
살아가는 일로 구석구석 찾아다닐 때도
달빛에 인생이 취하든 술 한 잔에
시발, 세상에 독하게 취하든

잘 구워낸 곱창처럼
골목길은 말랑말랑 기다려주었다.

줄 끊어진 연처럼

빗금을 그으며 虛虛虛 날아오른다

연줄이 끊어졌다

바람 따라 아스라한 소실

모든 것은 유성처럼 정녕 사라져간다

이별이라 했다

가늘고 긴 꼬리가 쓸어 올리는 머리카락 같은

바람의 유영이 아리다

마저 못한 수많은 이야기

헤이리 돌무덤 위에 까무러치고

까마득한 창연悵緣

착하디 착한 그대를 위하여

마침, 저 하늘에

한 점의 緣을 새겨두고자

한 마리 슬픈 새가 되어

곡차에 길을 묻다

곡차는 몸이 아니라
영혼으로 마시는 거라며
혼곤魂困한 이 밤에는
모든 것을 무릅 쓰고
회군하지 않겠노라
새벽이여 너희들이 회군하라
저 잘난 세상에 대거리질하다가
헤롱헤롱 토악질하다가
성질 못된 소주병에
대갈통 얻어맞아
밤새도록 보도블록 비끌어 안고
갈 길을 물었다.

2부

무엇으로부터의 사색

등뼈 굽은 소나무에 관한 테제

그날 너는 울음을 택하였지
맨발로 뛰어가는
너의 박동을 가장 먼저 알아차린 것은
수평을 긋고 화강암처럼 서 있던 소나무였어
천상의 서곡을 읽으며
루이보스차를 마시던 거기에는
아주 다른 명도와 채도로 범벅된
기억들이 물감처럼 덕지덕지 붙어있어
이렇게 요약하마
치파오 옆선 범속한 트임 사이
좁고 기다랗게 트여 올라간
그곳에서 네게로 가는 길은 폐쇄되었어
생성과 소멸이 시작되는 그곳에서
껍질로 말라버린 등뼈 굽은 소나무를 어루만지며
시린 만큼 가슴 푸르러지던
너의 울음을 잊지 않으마

모노크롬 헌시獻詩

끝내 만날 일 없는
처음이거나 끝이거나
모든 사선을 새롭게 정렬하는 건
그대를 향한 최소한의 헌시獻詩야
침묵을 가지런히 모으고
때로는 혁명이었을
때로는 바람이었을
때로는 예외였을
때로는 미움으로 말라갔을
때로는 죽자고 절벽이었을
어찌 되었든 아무것도 그리워지지 않을 무렵
무엇인가 사라지는 소리를 들으며
불문곡직 남은 소절을 마저 부르기 위하여
먼저 떠난 그대를 용서하기 위하여
처음이거나 끝이거나
무작정 돌아보지 않기
그대가 있었던 길에 다시는 서지 않기

여기는 북위 37.44도

꽃이 지고 비가 오고
바람 불어 가쁜 호흡을 멈추었다
말하라 뭐가 보이는가?
비로소 기억을 가만히 정돈하고
성모 앞에 성호를 긋는다
모든 시간이 새롭게 태동하는 시원
멈추어야 할 곳이 여기인가?
여기 잠든 나는 결국
먼데 있는 옛사람이 되고
이름마저 제대로 갖추지 못한
구불구불한 저 역정들은 지나온 역광이 되거늘
자욱하여 돌아보아도 보이지 않는
그 위에 죽어도 끝나지 않을
쉼표도 없이 사그라져가고 있는 내가 보인다
멈추겠다. 여기는 북위 37.44도

칼의 부활에 대한 다섯 번째 고려

서슬이 죽은 칼에 물을 뿜었다 하여
단박에 날을 세우지 않기로 하세
늙은 오늘이 내일이 되어
두루뭉술 마모되어도 이윽고
때가 오기 전에는 독한 마음을 품지 않기로 하세
시대를 가르는 결기는 있으나
뜨거운 피가 흐르지 않을지라도
앞서거니 뒤서거니 걸어가기로 하세
부림이 난무하고
깃털처럼 가벼이 석양이 늙어갈지라도
문지방을 넘어설 힘이 남았거들랑
소문이 무성한 아이라도 만들어 보기로 하세
내복해 있는 패각의 철학을 거부한답시고
늙은 거미의 거미줄에 칼질은 하지 않기로 하세
뭉텅 베어 먹은 반 쪼가리 달이 떠오를지라도
머리맡에 놓인 칼날을 만지며
달을 떼어먹은 몽환의 무리를 요절낼 꿈을 꾸지는 않기로 하세
획 획 획을 그으며
쓱싹쓱싹 갈아내는 푸르름으로
어질디어진 쾌도를 기다리기로 하세

말라죽은 선인장과 카인을 위한 노래

그는 낙타를 타고 모래 능선을 따라 가버렸다
이내 돌아오지 않는 카인을
이토록 오래 기다릴 줄은 몰랐다
천명天命이 그토록 달라붙을 줄은 몰랐다
껍질 단단한 투구闘毆에 독이 바짝 오른 가시를 품고
여기서 고립되고 마는가?
선인장은 제 몸에 가시를 박아 넣을 뿐
버거워하던 실 줄 같은 호흡마저 움쩍하지 않는다
속살에 고독이 잠복해 있을 줄 몰랐다
누구나 고독해지면 길을 떠나듯
누구든 길을 떠나고 뒤를 따라 카인도 떠났다
필경, 그가 지닌 고독의 깊이를 알 수 없어
돌아올 기약 또한 알 수 없다
한 갈피의 지워지지 않는 기억과
삶의 형식마저 설득할 수 없다
목이 마르다
혓바늘이 무수히 돋아난다.
서럽다 죽도록 서럽다
서럽지만 그대의 그리운 무엇이 되고 싶다

굴삭기

적요의 층층을 착착착 파내므로
의식의 난장과 도저한
삶의 알리바이를 증명하고자
진즉 곤궁이 찾아올 것을
돌아 나오지 못하는 늪을 두려워할 필요는 없지
필사적으로 외면해온
그런 함수는 내장되어 있지도 않음을
아무리 퍼내도 마르지 않는
슬픔의 화상으로 불릴 뿐
한때 나를 성장시킨
그리움이나 슬픔의 흔적들을 되메울 필요는 없지
늑골만 앙상한 난간을 뜯어내다가
하늘마저 뜯어내면
그래 태초를 지금부터 시작하는 거야
구불구불한 생애는 여전히 유장하기도 하지
지상적인 것과 생을 구성하는
통속적인 모든 것들을 경외하라
오늘을 절절히 살아내는
그대들은 오늘도 무고하신가?
산적한 파적의 아픔을 써레질하면

풍족하거나 궁핍하거나 여하간 고요한

참으로 고요한 세상이 되고

참회가 끝나지 않은

순례자들의 무수한 발자국을 따라

길을 내고 홀연히 떠나는 그대

옻닭

입에 옻이 올라 도틀거린다.
누가 자개장에 바를 것을 내 입에 발라 놨나
술자리가 山寺 아래 옻닭 전문집에 잡혔다
목탁 소리가 참 단아하다
산사의 절제가 굶주려도 육편을 쪼아대지 않는
옻닭의 절제와 다르지 않을지라도
목탁 대신 홰를 칠 수는 없는 노릇
옻처럼 육편에 들러붙어 진득이는
우리들의 삶은 애당초 허당 아니었던가

훗날, 우리가 어떤 모습으로 발굴될지 모를 일이나 끝끝내 승복되지 않는 것들과 생의 존재 앞에 하나씩 하나씩 떨어져 나가는 緣 그리고 지는 꽃을 그냥 지게 하는 대명천지 불구의 지조와 분수를 알면서도 솟구치는 황홀한 범람 속에 작열하는 태양이 녹슬어 혈담처럼 쿨럭이며 청춘에 찌그덕 찌그덕 시비를 거는 이견과 공존이라는 손바닥 위의 진리라도 제발 깨어나라 지갑 속에 부화시키는 복권 두 장 속에 은거한 가난이 수음을 머금고 제목도 없이 꾸겨진 휴지에 적혀있는 무명 詩 한 구절이 주는 고독에 늦바람이 들어 으슬으슬 말라가는 오십 사내와 황태의 꾸덕꾸덕함이 그리워도 돌아가지 못하는 윤회와 막소주 한 잔으로 달랠 수 없는 평탄을 주지 않고 구불구불 흘러가는 계곡의 운무

속에 서리서리 녹아있는 우리네 삶에 대한 그대의 슬기는 어떠
한가 대창 같은 가시가 목에 박혀 육탈한 영혼으로 옻을 잔뜩 머
금고 시방 거기 누워있는 그대여

화장火葬 연습

송년 숙취宿醉가 심하여
불가마 찜질방에 갔다
내, 죽으면 들어갈 곳
그곳에 미리 들어와 구석구석 살펴본다
수분 빼는 연습도 해야겠지
바짝 말리려면 저쪽에 머리를 두어야 할 거야
이렇게 누우면 사소한 불길에도 쉽게 달아오르겠지
주섬주섬 엮은 숙명의 실밥은
노글노글 터져 나오고
인생 이렇게 사그라지고 말겠구나
벌겋게 달아오른 몸에
오래도록 비누칠을 하였다

찌그러진 깡통에 관한 사소한 고해

의정부 가는 지하철 안에
어느 잡놈이 맥주 깡통 두개를 버리고 갔다
덜그럭덜그럭 달그락달그락 좋아라 어울려 다닌다
요즘 것들의 버릇과 예의에 관하여 고래고래 소리 지르는 노
인 세상만사 귀찮다 무심한 출근길 좀비Zombie 이승인지 저승인
지 분간할 필요 없이 끄덕끄덕 내면에 빠진 아줌마 목마른 눈빛
으로 무엇이든 열심히 힐끔거리는 깍두기같이 생긴 사내 도무지
터널을 빠져나올 생각을 않는 열차보다 꼭 한 발 앞서 휘날리는
집시머리 긴 시름을 늘어뜨리며 제 몸을 깡통처럼 찌그러뜨릴
준비태세를 갖추고 호시탐탐 시선을 굴리는 당신 그리고 나, 지
하철 안에 사람들이 참 많다
어떤 모습으로 만났든 상관도 없이
가고 싶은 곳으로 떠나면 그만
동침은 했어도 책임 따위는 필요 없어
단지 깡통처럼 필요한 만큼 나를 찌그러뜨리면 되는 거지
꼬맹이가 깡통을 길게 찼다.
사람들은 깡통의 궤적을 따라 길을 떠나고
열차는 터널 속에서 긴 생각만 늘어트리고 있다.

양말적 혁명

안이 밖을 먹어치우는 혁명이라 했다
목구멍에 손을 넣고
그 안에 공간을 들어낸다
세상을 뒤집는다
시를 쓴답시고
뒤집고
고매한 척 뒤집어 본다
칫
시도 모르는 아내는
양말을 척척 잘도 뒤집느니
혁명이랄 것도 없고
시는 고사하고
아내 손에 뒤집혀진 양말 속에
잠복해 있는 내밀한 궤적과
아등바등한 증거들이나 능멸받지 말았으면.

흥부의 슬픔에 대한 별첨 보고서

얼굴을 묻으면 새벽 별이 뜬다

박은 햇살로 익어가는 것이 아니라 별의 타전을 받아 익어간다

있잖아 비밀이야

흥부는 사실 눈물이 많은 수성에서 왔어

그렇게 슬픈 눈을 갖은 이유를 알겠지 여기에서 수억 킬로 아니 아니 헤아릴 수 없이 멀리서 왔어 그닥 이곳 생활에 적응을 잘하는 것 같지는 않아 그 별에서 보내온 타전을 반딧불 형광의 궤적으로 변환하여 박속에 모아 두고 사는 흥부는 은밀한 귀환의 궤적을 그려왔어 그러나 별은 뜨지 않아 타전도 오지 않아 반딧불 형광 궤적은 가라앉고 침묵 속으로 사라지고 있어 흥부는 수성의 궤적을 오늘도 그리고 있어 피지 않는 박꽃을 병신같이 바라보며

앞사발이

도시의 슬픔을 닮았다는 앞사발이
강변북로 켠으로 추방되었다.
짐 부리는 비천한 죄
이러한 추방이 통렬한가 도시여
구황救荒의 세월 비의 푸른채찍을 맞으며
아무의 친구도 연인도 아니었다
살아가며 외로움 한자락 없으랴 견디어 낼 뿐이지
오죽하면 풍찬노숙風餐露宿 빗줄기에 넋을 맡기고
눈물조차 씻어내지 않겠는가
종횡무진 질풍가속 본능을 잊지 않으마
東이 밝으면 눈알을 부라리고
부릉부릉 세상에 일갈하겠다
도처를 향한 나의 귀환을 기다리지 마

부러짐에 대한 시편詩篇

지금은 문병 중
부러진 팔을 굳혀주는 석고 위에 시를 썼다.
늙은 소나무처럼 심사를 뒤틀다 툭 부러진 솔가지
딱, 나를 닮아서
이거 아님 저거 딱딱 분질러놓았다
일도양단一刀兩斷이 시원하기는 하지
자신이 아구창 나는 줄도 모르고
역시 내밀은 허당이었다
지랄병 같은 풍요와 빈곤이라는 양단의 파닥임에
파닥파닥 비가 내린다
간단한 빗줄기는 언제나 올곧지만
솔가지의 현을 울리지는 못하지
부러진 뼛속에 젖은 산양의 휘파람 소리 들린다
그 소리의 의미를 해석하려 들지는 마
서툴기 짝이 없는, 그래 내가 딱딱해서 부러진 거야
눅눅해서 좋을 때도 있지
얼기설기 부러진 팔을 굳혀주는 석고 위
아무런 적의 없이 불어대는
산양의 눅눅한 휘파람 소리에
솔가지 시 한 편으로 잘 자라고.

물만두 익을 무렵

한 입 깨물면

애타는 통음으로 온몸이 전율이다

저 깊은 근원에 그대를 빼다 박은

보드라움은 늘 선택이었지만 잊을 수 없다

'내 마음속에 맑은 영혼'이란 문패를 달아 놓은

늑골이 아주 가느다란 그대의 심연으로 내려앉아

말갛게 익어가는 속살

견딤에 익숙하고 내일을 채근하지도 않는다

그대 또는 아름다움에 허기질 뿐

길게 내뿜는 수증기 속에 드러나는

저렇게 깊은 속을 본 적이 없다

밀봉 속 그대는 야들해 미치겠고

시를 쓴다는 것은, 탈고脫稿 사흘째

무당끼 있는 계집의
눈빛을 본 적이 있는가?
광난의 봉두난발蓬頭亂髮
제길, 달이 뜨면 뭐하나
골방에 부지깽이 들고 작두 타는 년
몇 밤이나 저러고 있는데
터질 듯 터질 듯
작두 타는 년에게 부지깽이로
빼빼해지도록 얻어터지며 사는 것
뭐라 뭐라 시를 쓴다는 것은
그런 것이다.

목욕탕에서 시 읽기

우람하지도 않은

그렇다고 기죽을 것 없는

그놈을 턱 하니

탕 안에 걸쳐놓고 시집 한 권 들었다

세상과 나를 이간離間하던

허물 하나 벗어 놓으니

시詩가 계집도 아닌 것이 칭칭칭 잘도 감겨온다

언감생심 싫을 턱이 없다

아무것도 걸치지 않은

시詩속의 여인은 겁도 없이

수북한 사내들 사이로 사방 사방 걸어 나온다

감칠 맛 나는 이 여인은

어느 시인의 노래던가 절창絕唱이로세.

완벽히 오래된 녀석

'바퀴 소리가 들려준다던 음성'*을 들으러
될수록 본능적으로 천천히 달리는
비둘기 방식의 궤도에 올랐다
차창 외변 또는 미망의 태양이 솟아오르는
저 언덕의 이름은 없다 어느 풍경일 뿐
내 돌아갈 곳이라서
이어진 하늘은 여전히 맑고 푸르다
들판에 양털 구름을 쫓아
좋아라 달리던 녀석들은 어디 있을까
오랫동안 잊었다
스치는 아득한 기억을 이어 붙이다가
문득 이승 어딘가 자빠져 있기는 하겠지
비둘기 방식으로 달리는 열차나
손금 위를 달리고 있을
우리네 인생의 궤도가 별반 다르지 않을 거다
거기가 거기지
언제나 그립거나 혹은 평행하기만 한
철길의 비유가 끝나는 플랫폼에
아주 완벽히 오래된 녀석들이
총총히 마중을 나왔으면

* '친구 / 김민기' 가사 일부 인용.

개뿔도 아닌 것을 위한 노래

덜컥 세상이 뒤비지려나
모矛를 세워 이르지 못한
무엇이든 모아 사랑한 작용과
무관심의 반작용이 그대로 사라질 거라 했다
사라짐 마저 모두 사라질 거라 했다
하늘이 열리고 전설이 쌓이는
무한히 늙은 까막눈 같은 적막에서
품긴 쉬워도 간직하기 어려운 사랑을
제멋대로 이야기하지 말자
해도 지고 달이 저무는 맘 켕기는 날
덜컹덜컹 마음이 내려앉는 날
세상이 뒤비지려나
지워지지 않을 이름 석 자 새겨 놓고
눈물을 흘리거나 소리 내어 울지 말아야 한다
오래오래 울기 위하여
개뿔도 아닌 것을 위한 노래는
4막 8장부터 부르기로 하자.

뒤통수 혜존惠存

낯설은 당신 거기에 있습니다
요리조리 보아도
아무래도 내가 아니었습니다
방배동 텐투텐 커피점에 앉아
처음으로 당신에 대하여 글을 씁니다
맑은 양초도 아울러 켰습니다
함께 걸으며
다른 곳을 바라보는 당신이
세상과 등지게 된 것은 치명적 그리움 때문임을 압니다
길 건너 미용실에서 마찬가지로
다분한 생애만 다듬질할 뿐
아무도 당신을 이야기하지 않습니다
이렇듯 이면에 살지만
한 번도 분통을 터트리지 않습니다
처음으로 바라봅니다
발끈발끈 달아오른 나를 에둘러주는
당신에게 무심하였습니다
세파世波에 골병들어 누울 때
엎드려 쾌차의 기도를 올리는
당신을 기꺼워하지도 않았습니다

용서하시길

마침내 사악한 이 삶이 마감되거든

다시는 엎드려 슬퍼하지 마시길

널 위에 가만가만히 눕혀 주시길.

층층層層시하 무채색 고해

층층層層 층층시하
누가 더 높을 필요 없이
층계는 내림 전용이었다
젊은 날 볏가리에서 일을 벌이던
그러그러한 속잎의 뿌리를 찾아
한걸음 내려섰다
이내 회오의 언덕을 깔딱거리며
기어 기어오르려던 것이 실수였어
깃을 세운 응전이 아니었어
또 한 걸음 내려서니
늙음 고욤나무 심사를 뒤틀고 있다
우리는 늘 구부야
인연은 사소함으로 비롯하거늘
시작은 비장하였으나 이내 사그라지고 마는
내가 작아지고 돌아누워
낮아지는 법을 배워야 했어
아주 특별한 그대의 전도
이내 무채색 계단을 내려섰다
바람이 참에 부딪혀 바랑 메고 돌아갔다
사소한 고해

그대 이렇게 돌아갈 길이였다면
소소한 연에 그렇게 매몰차거나
적어도 비겁하지 말아야 했어

3부

검은머리쑥새

검은머리쑥새

잔설 쌓인 미루나무 가지에
비듬을 터는 쑥새를 보니
내 등짝이 가렵다
손이 닿지 않는 그그곳
필사적으로 긁으니
아아아 거기 거기 참 시원하다
쑥새 한 마리
손톱자국 두 줄 벌겋게 그으며 날아간다
그 고랑에 새똥만 한 싹이 움튼다.

지독한 놈

배가 고파
냉장고 문을 열었더니
비닐봉지 속에 마늘쪽이 싹을 틔웠다
원망이니 아님 반항이니
허공에 맵고 아린
뿌리를 불쑥불쑥 들이대고
얼음 서걱 이는 동토에서도
호미를 꺼내 드는 어허라
허공에서도 밭을 일구어 대는
저 저저, 지독한 놈

바람꽃

바람꽃을 알기나 하니?
날갯짓이 있어도
날아갈 곳이 없어
촘촘하게 얼어붙은 생애生涯 속에
이토록 바람이 서리서리 녹아있었나
낡은 수첩 속에 살고 있는
옛사랑의 모습을 조각하며 평생을 바친
어느 전각가篆刻家의 생애를 읽으며 둔치에 서면
성성이 깎여나가는 기다란 겨울 강가
자작자작 찍힌 발자국에
수몰된 바람이 부화하는 것을 볼 수 있지
가만 가만있어
수런수런 그리운 게 너무 많아
문풍지를 붙들고 펑펑 울었어.
내가 울면 피는 꽃 이름이야

못질을 하며

벽에 못질하였다
튕겨 나간다
잘 붙들고
못대가리를 토옥 톡 두들겼다
튕겨 나간다
참, 우리 딸 같다
단단히 고정하고
다시 못질하였다
옆구리가 툭 휘어버린다
어쩜, 똑 닮았니?

허파꽈리

허파꽈리 울기 시작하면
슬픔도 한 잎씩 뚝뚝 떨어진다
울지 마라 아무것도 아니다
먼저 길을 떠나는 것은
가을이고 뒤를 따를 뿐
냉수 한 사발 들이켰더니 눈물이 난다
그리운 것은 늘 멀리 있고
차지할 것도 빼앗길 것도 없는
들판이 세상의 전부라 치자
시들 것은 시들고 우리들의 생애는 여전히 울긋불긋하다
떨어질 것은 떨어지고
흩날려 가는 거야 그렇게 그래서 눈물이 나는 거야
남을 것들만 남아 가슴으로 스며드는
들판의 적멸寂滅을 두려워 말자
여행을 떠나는 것일 뿐 살아 살아내다 보면
내 좋아하는 진달래도 훌쩍훌쩍 피어날 거라네
낙엽 붙들고 앙앙대던 바람이
나랑 살 거라 살랑살랑 돌아오면
빨간 관형사를 머금은 허파꽈리
다시 앙앙거릴 거라네

밤송이

뉘 집 자손인지
삐죽거리는 성질머리
침침針針마다 기세는 창창暢暢하다만
네 사주에는 가을이 들어있음을 잊지 마라
참회를 마친 착하고 순결한 계절이
설움이나 슬픔을 하나씩 꺼내놓고
가시를 품은 이유를 모르겠다
추락하며 웃을 수 있는 것은
그리움이라는 이름으로 명멸해가고
계절은 하늘을 향해 불온不穩하였다
곧 터져 나올 운명은 여전히 삐죽거리고
가끔은 청명해도 좋을
허방을 열어 꼬챙이로 쑤셔대며
가을아 너 어디 있는 거니?

질경이

시인의 노랫가락으로나 남겨질
풍각風角쟁이 같은 인생살이
잡초 무성한 곳이면 어떻고
질긴 콘크리트 틈새면 어떻고
자욱한 안개 속이면 어떻고
음지 한쪽이면 어떻고
살붙일 귀퉁이 내어주면 고마운 일이지
지질이 복 없는 인생 앞에
불쑥불쑥 일어나는
도대체 비굴하지 않은
너는 누구니?

할미꽃

할마시 산소 가는 길

덤불 사이 빼꼼히 할미꽃 피었다

하얀 머릿결 단정하게 빗어 넘기고

애살스럽게 고개 숙여

나직나직 피어난

생전의 당신

꼭, 그 모습이었더이다

산새야

제발 설레발치지 마라

우리 할메~꽃 고개 꺾일라

소국小菊

소국小菊아
가슴이 봉긋한 것이
우기지 않아도 여인이 되었구나
저길 보려무나
텃밭 고추가 바짝바짝 약이 올랐어
소국小菊아
가을엔 살가운 웃음 함부로 짓지 마라.

점박이귤빛부전나비

사거리에서 교통신호에 걸렸다
뒤란에 가고 싶다
내 안에 꽈악 차 있는 숙명은 삐죽거리고
낭패로다
교차로 중간쯤 웅덩이 하나 팠으면 좋겠다
바짝 달아오른 뇌관 아~아 건드리지 마
소리 없이 웅덩이 속으로 파고들거나
수직으로 튀어 오르거나 둘 중에 하나
준비 땅
일단은 세상 밖으로 뛰어나가기다
참아내던 향연은 시작되었다
부채를 양손에 바투 쥐고 너울너울
점무늬 콕콕 박힌 귤빛 나비 날아오른다
환장할 거 같은 나비야
풀어헤치니 날아갈 거 같지?

감자꽃

울 엄니
눈물 묻은 주먹만 한 감자
가슴에 못질하듯 꽝꽝 묻었더니
주름진 고랑마다
하얀 꽃
자주 꽃
울퉁불퉁 피었더라
그 꽃이 피고
난,
앓기 시작했다.

경칩驚蟄

어떤 바람이
우물 속 디다보며 날름거린다
사팔뜨기 개구리에 걸려
흠씬 얻어맞았다
바람 불면 미치는 것이
어디 개구리뿐일까
너도 미치고 나도 미치고
미치지 않은 놈은 오직 봄
아니, 그도 미쳐간다 하더이다.

목신目辛의 오후

휴일

눈 좀 붙일 요량인데

오징어꼴두기명태갈치대구정어리

꽁치고등어숭어송어목탁가오리

홍어밴댕이멍개해삼농어전어노가리

넙치가자미개불 온갖 게잡놈들이

트럭 타고 몰려와

고래고래 소리를 지른다

저것들이 제집 놔두고

여기 와서 난리 굿판을 벌이는지

오늘 몇 놈 죽어 나갈 판이네.

묵사발

저녁 밥상에 도토리묵이 올라왔다
오늘 하루가 도대체 묵사발이었는데
저녁에 또 만나니 그저 반갑다
언제나 묵묵한 나의 인생 철학은
묵사발이 되어 속수무책인데
그대들의 인생은 야들야들해서 좋겠다
하긴 세상 앞에 들크무레하여
결국에는 묵사발 나는 것이
어디 나쁜이겠는가

횡단보도 건너 삐리리 오는 봄

횡단보도에 아이스크림 껍데기가 버려졌다
부드러운 맨살의 주인은
어느 사내를 녹이러 갔나 보다
파란 신호
긴 다리 미니스커트를 입은 아가씨
하얀 건반 위를 또각또각 걸어온다
삐리리 삐리리
봄은 이렇게 올 것이다

어찌 이 노릇을
버려진 껍데기에 하이힐이
미끄러져 생채기가 생겼다
맨살에 연둣빛 피가 흐른다
빌어먹을 거기서 싹이 나려나
문득 맨살이 그립다

고드름

살얼음 낀 동치미를 먹던 누이
처마에 매달려 울고 있다
속살을 무단히 드러낸
죄목은 눈물이 많다는 것
병신같이 눈물이나 흘리지 말 것을
제 몸 상하는 줄도 모르고
거꾸로 거꾸로 단단히도 품었네
방황의 길을 내달리다
돌아오던 그 처마 아래
기다려주던 누이
흙 담이 무너져 내리고
서까래 튕겨 나가도록 서러워도
솟대가 바라보이는 곳에
기어이 밀고 들어가 가만히 녹아드는
한 뿌리 동치미가 익어가고
처마 밑 누이는 아직도 울고 있다

봄, 봄이로세

봄, 봄이로세

달래 되바라져 허락도 없이 이산 저산에 망울망울 섶을 풀어 대고, 제방 아래 나물 캐는 계집들 궁둥이는 들썩거리고 저~기 써레질하는 사내 바짓가랑이 실밥은 터져 툭툭 불거지고, 할멈은 장독대에 올라앉아 케케묵은 세월에 취해 게슴츠레 졸고 있고 자유분방한 시냇물은 꼬맹이들 아우성에 졸졸졸 따라나서고 곱게 분단장한 누이 같은 목련은 동네 총각 희롱질에 뽀로통하게 피어선 배실배실 웃고 내 똥 먹고 자라 나를 닮은 누렁이는 미친 듯 온 동네 뛰어다니고 지난 여름 사연 많던 보리밭에는 파란 바람이 살랑살랑 자라나고 처박혀 노랗게 찌그러진 주전자 뚜껑을 열면 마누라 득달같은 잔소리 쏟아지고

어쩔 것이여 봄이 대드는 것을.

크게 한번 울어볼 만 하구나!

황치복 문학평론가

크게 한번 울어볼 만 하구나!

황치복 문학평론가

1. 울음통으로서의 시, 혹은 시로 쓴 시론詩論

『한국문학예술』에 「말라죽은 선인장과 카인의 노래」, 「점박이 귤빛부전나비」 등을 발표하며 문단에 나온 임명만 시인은 '벼리시' 동인으로 활동하면서 활발한 창작 활동을 전개한 바 있다. 이번 시집의 서문에서 시인은 "가만 생각해보니/ 목놓아 울어본 적이 언제인지/ 그리워 대성통곡을 하고 싶거든,/ 그대가 내게로 오라/ 날들이여 날들이여/ 수많은 그들과 나의 오랜 이야기를 여기 하려 합니다"라고 하면서 그가 창출한 시적 공간이 목놓아 울어볼 수 있는 대성통곡의 장이라는 점을 표나게 강조하고 있다.

목놓아 울어볼 수 있는 대성통곡의 장이라니! 이 대목을 보면서 필자는 자연스럽게 조선 후기 연암 박지원이 열하熱河를 여행하다가 요동 벌판에 이르러 포효하듯 말한 '크게 한번 울어볼 만 하구나!'라는 구절이 떠올렸다. 열흘을 가도 산 하나 나타나지 않는 대평원을 걸어가면서 연암은 그 충격과 감흥을 "크게 한번 울어볼 만 하구나!", "통곡하기 좋은 곳이로구나!"라고 표현했던 것이다. 여기서 크게 한번 울어본다든가 통곡한다는 것은 어떤 슬픔이나 비탄의 감정만을 표출하는 데에 그치는 것은 아니다. 그것은 오욕칠정五慾七情이라는 인간이 지닌 내면의 정동情動을 한꺼번에 표출하는 정화淨化, catharsis와 해방의 포효와 다르지 않기 때문이다. 즉, 크게 운다든가 대성통곡하는 행위는 마음속에 억압된 감정의 응어리를 외부로 쏟아냄으로써 감정의 정화를 이루는 정서적 해방의 행위라고 할 수 있는 것이다. 실제로 연암은 그러한 감탄에 이어서 울음에 대해서 그 의미를 다음과 같이 해명해 놓고 있기도 하다.

"사람들은 다만 칠정(七情: 喜怒哀樂愛惡欲) 가운데서 오직 슬플 때만 우는 줄로 알 뿐, 칠정 모두가 울음을 자아낸다는 것은 모르지. 기쁨[喜]이 사무쳐도 울게 되고, 슬픔[哀]이 사무쳐도 울게 되고, 즐거움[樂]이 사무쳐도 울게 되고, 사랑함[愛]이 사무쳐도 울게 되고, 미움[惡]이 사무쳐도 울게 되고, 욕심[欲]이 사무쳐도 울게 되는 것이야. 근심으로 답답한 걸 풀어 버리는 데에는 소리보다 더 효과가 빠른 게 없지. 울음이란 천지간에 있어서 우레와도 같은 것일세. 지극한 정情이 발현되어 나오는 것이 저절로 이치에 딱 맞는다면 울음이나 웃음이나 무엇이 다르겠는가?"
— 박지원, 『열하일기熱河日記』

그러니까 울음이란 단순히 슬픔의 표현이 아니라 답답한 근심을 풀어버리는 기제이자 칠정이 사무쳤을 때 저절로 토해지는

'우레'와 같은 것이라는 점을 강조하고 있다고 하겠다. 울음은 단순한 감정의 표현이 아니라 어떤 근원적이고 원초적인 감정의 해소제와 같은 것임을 암시하고 있는 셈이다. 실제로 임영만 시인의 이번 『詩 한 줌이 너였다가』는 하나의 울음통이라고 할 정도로 곳곳에 울음소리가 퍼져 있으며, 사무친 칠정의 정동이 흘러넘친다. 거대한 인생의 바다를 거닐며 시인은 자연스럽게 생성되어 마음에 쌓인 울분과 서러움을 시적 공간이라는 광야에서 마음껏 토해내고 있는 셈이다. 그러니까 시인에게 시란 원통한 마음을 풀어내는 해원解冤의 공간이자 구속이나 억압, 혹은 속박으로부터 자유로워지는 해방解放의 기제가 되는 것이다. 울음통으로서의 시인의 시적 세계에 대해서 자세히 살펴볼 것이지만, 우선 시인의 시에 대한 생각이 울음통과 어떻게 연관되어 있는지부터 정리하고 가보자.

대지 위에 살아있는 모든 것을

사랑해야지 외마디 노래가

차가운 그대의 가슴을 열지는 못할지라도

가만히 입술을 깨물어

아주 길고도 낯선 여행을 준비하는

대지의 끝 거기쯤

얼마의 시간을 매몰시키고

한 모금씩 덜어내어 결국 빈 병을 만들어내는

그리하여 하늘을 나는

저-기 아름다운 인생을 이야기할 때

나흘이 지나고

이레를 넘기고도

몇 번이나 얼었다 녹으면서 탈고를 기다리는

그대의 몸에서 자라고 있는

꼭 나를 닮은 시간들에게

이제는 내 것이 아닌 지고한 열정들과

정녕, 나를 옹호한

그 많은 철학들에 고하노니

내가 한때 詩였을 때

가슴은 뜨겁고

가이없는 텅 빈 아름다움을 기억하라

　　　—「내가 한때 詩였을 때」 전문

　"모든 죽어가는 것을 사랑해야지"라는 윤동주 시인의 「서시」처럼 "대지 위에 살아 있는 모든 것을/ 사랑해야지"라는 시구는 생명을 지니고 살아가는 것들, 살아있기에 살아가면서 죽어가는 것들에 대한 동정과 연민의 시심이 가득 차 있다. 살아간다는 것은 오욕칠정의 부림을 받아서 휘청일 수밖에 없다는 것, 그러한 점에서 모든 살아가는 것들은 고통과 상처의 집적물이며, 또한 그러한 점에서 환대와 공감을 필요로 하는 존재자들이라는 것을 암시하고 있기도 하다.

　하지만 가장 중요한 점은 모든 살아있는 것들은 끝이 있다는 것, 그래서 살아있는 동안이란 한정된 시간이라는 것, 하지만 그렇기 때문에 인생은 아름다울 수 있으며, 그것을 담아내는 그릇으로서의 시 또한 아름다울 수 있다는 논리가 이 시의 시적 공간을 채우고 있다. 즉 "대지의 끝"이라든가 "빈 병" 등의 이미지가 존재의 유한성을 암시하고 있는데, 그것을 담아내는 "꼭 나를 닮은 시간들"은 곧 예술적 형상화로서의 시라는 양식을 시사하고 있다. 그런데 "내가 한때 詩였을 때/ 가슴은 뜨겁고/ 가이없는 텅 빈 아름다움을 기억하라"라는 대목을 보면, 인생 그 자체보다도 시라는 양식이 더욱 아름답고 열정적인 것임을 알 수 있다. 특히 주목되는 점은 "텅 빈 아름다움"이라는 표현인데, 이러한 표현은 임마누엘 칸트의 '무목적의 목적'으로서의 미학적 가치를 암시하기도 하지만, 시적 논리에서 보면 "빈 병"과 같은 소멸과 무화無化를 담아내는 시적 아름다움으로 이해할 수도 있다. 시인의 관심사가 모든 살아가는 가녀린 생명들, 그래서 모든 죽어가는 존재자들의 고통과 아픔에 집중되어 있다는 것을 확인할 수 있는데, 이러한 연원에서 울음통으로의 시론이 성립했다는 것을 추론할 수 있다.

그리움을 모아놓고 산다는
시인의 다락방
詩作 노트에 뽀얗게 내려앉은 세월을 후-욱 불어낸다
무수히 부유하는 기억의 편린들
젊은 날 절며 절며 이곳으로 퇴각하였지
그리움도 하나의 길인 것을 알았다면
바람 앞에 그토록 목말라 하지는 않았을 것을
저 미친바람을 그토록 좋아했는지

창밖 멀리서 여인이 참깨를 털고 있다

우수수 우수수 많이도 쏟아진다

시인을 저렇게 거꾸로 털어내면 무엇이 나올까?

동전 몇 닢

개나 줄 자존 몇 조각

그리움 몇 알

여인도 시인이 아는 그리움 하나쯤은 품어 봤을 진데

짐짓 모르는 척 톡—톡톡 잘도 털어낸다

바람이 불어온다

참깨 향이 참 시원하다

그리움을 모아놓고 산다는 시인의 다락방에서는

서러울 것도 가난할 것도 없는 한줄기 미친바람이

짙푸른 그리움과 한편의 서정을 단정하게 키워내고 있다.

— 「詩人의 다락방」 전문

그리움이란 부재하는 것, 혹은 아름다운 것에 대한 갈망으로 애타는 마음이라고 할 수 있는데, 시인은 시야말로 그리움을 담는 그릇임을 강조하고 있다. 시인을 참깨처럼 털어내면, "동전 몇 닢/ 개나 줄 자존 몇 조각/ 그리움 몇 알"이 쏟아질 것이라고 묘사하고 있는 대목에서 가장 중요한 것은 "그리움 몇 알"일 것이다. 시인의 다락방에 쌓여 있는 것도 그리움인데, 시의 내용물인 그리움은 여인이 털고 있는 "참깨"의 이미지를 통해서 아름답게 비유되고 있다. 하얀 알갱이들이 우수수 쏟아지는 참깨의 이미지는 맑고 순수하면서도 형언할 수 없는 형국으로 산더미처럼 쌓인 그리움의 아득함을 형상화해준다.

그런데 그리움이란 "젊은 날 절며 절며 이곳으로 퇴각하였지"라든가 "그리움도 하나의 길인 것을 알았다면/ 바람 앞에 그토록 목말라 하지는 않았을 것을"이라는 구절을 보면, 결국 현실적 패배와 좌절의 산물임을 알 수 있다. 그러니까 그리움을 담아내는 시의 다락방이란 현실적 실패와 좌절을 수용하는 위안의 장소이며, 현실적 패배와 아픔을 치료하고 위로하는 환대의 장소인 셈이다. 시인이 "그리움도 하나의 길"이라고 했을 때, 그 길은 현실적 도전과 성공의 길이 아니라 실패와 좌절을 부여안고 살아갈 수 있는 시의 길이기도 할 것이다. 그러니까 그리움이란 '지금─여기'에 없는 아름답고 가치 있는 것에 대한 형언할 수 없는 향수라고 할 수 있는데, 시는 그러한 향수를 달래고 위로해주는 환대의 기제가 되는 셈이다. 부재와 결핍을 위로하는 양식이 바로 시라는 생각은 다음 시에서도 발견할 수 있다.

끝내 만날 일 없는

처음이거나 끝이거나

모든 사선을 새롭게 정렬하는 건

그대를 향한 최소한의 헌시獻詩야

침묵을 가지런히 모으고

때로는 혁명이었을

때로는 바람이었을   때로는 예외였을

때로는 미움으로 말라갔을

때로는 죽자고 절벽이었을

어찌 되었든 아무것도 그리워지지 않을 무렵

무엇인가 사라지는 소리를 들으며

불문곡직 남은 소절을 마저 부르기 위하여

먼저 떠난 그대를 용서하기 위하여

처음이거나 끝이거나

무작정 돌아보지 않기

그대가 있었던 길에 다시는 서지 않기

　― 「모노크롬 헌시獻詩」 전문

　시란 "끝내 만날 일 없는" 이별 이후의 일이라는 것, 이별 이후의 시란 "모든 사선을 새롭게 정렬하는" 후일담에 해당한다는 것, 따라서 시라는 것은 부재와 결핍을 견뎌내기 위한 위로와 위안의 형식이라는 시적 논리가 전개되고 있다. 물론 시인은 이별의 고통과 아픔을 견뎌내기 위해서, 그리고 "먼저 떠난 그대를 용서하기 위하여", "처음이거나 끝이거나/ 무작정 돌아보지 않기/ 그대가 있었던 길에 다시는 서지 않기"라고 하면서 과거의 시간들과 추억에 대한 회상을 거부하는 태도를 보이고 있기는 하다.

　하지만 시인은 이별 후의 시를 흑백사진과 같은 "모노크롬 헌시獻詩"라고 명명하면서, 이별 후의 흑백사진과 같이 단조롭고 퇴색한 상황을 견뎌내면서 헝클어진 사선을 정리하는 것이 시이며, "무엇인가 사라지는 소리를 들으며/ 불문곡직 남은 소절을 마저 부르"는 것이 시라는 논리를 구축하고 있다. 잔치가 끝나도 삶은 계속되어야 하는 것처럼, 잔치 이후의 뒤치다꺼리를 감

당하면서 잃어버린 의미와 가치를 반추하고 성찰하면서 무미건
조한 흑백의 시간을 견뎌 나가는 것이 시라는 생각을 표출하고
있는 것이다. 시가 울음통일 수밖에 없는 이유의 하나이기도 한
데, 황량하고 황폐한 부재와 결핍의 상황을 노래하는 것이 결국
시라고 할 때, 그것은 울음이 될 수밖에 없기 때문이다. 그러나
시가 단순히 후일담과 같은 수준에 그치는 것은 아닐 것이다. 거
기에는 산문이 감당할 수 없는 신비하고 영험한 어떤 작용 기제
가 담겨 있기 때문이다.

> 무당끼 있는 계집의
> 눈빛을 본 적이 있는가?
> 광란의 봉두난발蓬頭亂髮
> 제길, 달이 뜨면 뭐하나
> 골방에 부지깽이 들고 작두 타는 년
> 몇 밤이나 저러고 있는데
> 터질 듯 터질 듯
> 작두 타는 년에게 부지깽이로
> 빼빼해지도록 얻어터지며 사는 것
> 뭐라 뭐라 시를 쓴다는 것은
> 그런 것이다.
> ―「시를 쓴다는 것은, 탈고脫稿 사흘째」 전문

"무당끼", "광란의 봉두난발蓬頭亂髮", "달", "작두 타는 년" 등
으로 구축된 이미지들이 영감靈感에 의존하는 시라는 양식이 지

닌 영험하고도 신비스러운 성격을 절묘하게 형상화하고 있다. 즉 "무당끼 있는 계집의 눈빛"이라든가 "광란의 봉두난발" 등의 구절들이 시가 지니고 있는 디오니소스적인 속성, 즉 이성적 논리로 모두 포착할 수 없는 어떤 비이성적이고 신비한 자질들을 암시하고 있으며, "터질 듯 터질 듯"이라는 구절을 통해서 잡힐 듯 잡히지 않는 그 시적 경계의 아득하고 그윽한 경지를 암시하고 있는 것이다. 시인은 또한 시를 쓴다는 것이 "작두 타는 년에게 부지깽이로/ 빼빼해지도록 얻어터지며 사는 것"이라고 형용하고 있는데, "작두 타는 년"이 광란에 사로잡혀 있고, 무당끼 있는 계집이라는 사실을 상기해 보면 시를 쓴다는 것은 이승의 논리를 뛰어넘어 피안의 세계로 접신接神하거나 육신에 새로운 영혼이 들어오는 빙의憑依의 차원에서 이루어지는 것임을 짐작할 수 있다. 접신하거나 빙의하는 경험의 차원에서 세계를 볼 때, 그 세계는 경이롭고 신비로운 경지를 펼쳐 보일 것이며, 그러한 사무친 경험에서 토해진 시적 정취가 울음이 아닐 이유가 없다. 이승의 논리를 뛰어넘어 피안의 경지에서 펼쳐지는 시의 세계가 세속의 이치와 욕망의 논리를 뛰어넘는 무욕의 경지를 펼쳐 보이는 것은 이상할 것이 없다.

우람하지도 않은
그렇다고 기죽을 것 없는
그놈을 턱 하니 탕 안에 걸쳐 놓고 시집 한 권 들었다
세상과 나를 이간離間하던 허물하나 벗어 놓으니
시詩가 계집도 아닌 것이 칭칭칭 잘도 감겨온다

언감생심 싫을 턱이 없다

아무것도 걸치지 않은

시詩속의 여인은 겁도 없이

수북한 사내들 사이로 사방 걸어 나온다

감칠 맛 나는 이 여인은 어느 시인의 노래던가

참으로 절창絶唱이로세.

— 「목욕탕에서 시 읽기」 전문

　허물을 벗듯이 속살을 감싸고 있던 옷들을 모두 벗어 던지고
목욕탕 안에 들어간다는 것은 본래의 실상을 회복하는 것과 다
르지 않다. 그것은 타고난 품성, 즉 천품天稟으로 돌아가는 상징
적 제의와 유사한 행위인 것이다. 그런 상태에서 읽는 시는 "아
무것도 걸치지 않은" "여인"처럼 다가온다. "겁도 없이" 거리낌
없이 "수북한 사내들 사이로" "걸어 나오"는 이 여인은 어린아이
의 마음을 지닌 순수 그 자체라고 할 수 있을 것이다. 가릴 것도
없고, 꺼릴 것도 없이 있는 그대로를 보여주며, 하고 싶은 그대
로 행동하는 이 여인이 바로 "시"라고 할 수 있을 터이다. 그러니
까 시란 동심童心의 세계를 그린다고 할 때의 그 시를 가리키는
데, 시적 주체가 이러한 시를 만날 수 있었던 것은 그 자신이 먼
저 모든 인위적인 거짓과 가식을 벗어버리고 순수한 알몸뚱이가
되었기 때문이다. 인위와 가식이 없는 맑고 순수한 마음이 읽어
내는 시가 "절창"이 아닐 수 없다. 그것은 있는 그대로의 사무치
는 정서를 포착한 것일 터이며, 그것을 읽는 마음조차 알몸으로
표상되는 순수 그 자체이기 때문이다.

2. 그리움이라는 정서, 혹은 연대를 위한 공감

앞에서 우리는 임명만 시인의 시로 쓴 시론들을 분석하면서 그의 시가 '울음통'일 수밖에 없음을 타진해 보았다. 이를 통해 임영만 시인은 소멸하고 무화되는 유한한 존재자의 운명으로 향하고 있다는 것, 그래서 부재와 결핍을 노래할 수밖에 없다는 것, 따라서 그의 시가 정동의 극한에서 터져나오는 울음통이 될 수밖에 없다는 논리를 추적해 보았다. 그리고 시란 이승의 논리적 언어로 해명되지 않는 어떤 신비와 비의를 지닌 디오니소스적 충동을 담고 있다는 것, 또한 알몸뚱이가 되어 접근할 수 있는 순수 그 자체의 절창이라는 점도 살펴보았는데, 이러한 속성들은 모두 시가 희로애락애오욕喜怒哀樂愛惡欲이라는 순수한 감정의 자연스러운 발로인 울음이 되는 것을 향하고 있었다.

이제 그 정동의 구체적인 양상들을 살펴보아야 할 텐데, 가장 주목되는 정동은 '그리움'이라는 정서이다. 시인은 『詩 한 줌이 너였다가』의 곳곳에서 그리움의 정서를 노래하고 있는데, 이러한 정서를 수시로 표출하기 때문에 그리움이라는 마음의 무늬가 시인의 천성이 아닌가 생각되기도 한다. 이를테면 시인은 "왜 피고 지는 것은/ 이토록 그리움을 형용하는지/ 쉽싸리 엉엉거리는 소리를 들으며/ 수채화 위에 한 줄의 시를 쓴다."(「쉽싸리」)라고 하면서 피고 지는 모든 것들이 그리움의 정서를 발산하고 있음을 고백하고 있다. 그리고 그러한 정동은 "엉엉거리는 소리"라는 울음으로 표출되고, 그러한 울음은 고스란히 한 편의 시로 형상화되는 메커니즘을 보여주고 있는 것이다. 물론 "피고 지는 것"이라는 표현 속에서 그리움이란 정서는 유한성과 소멸이라는 속성에 토대를 두고 있음이 암시되고 있으며, 그래서 서러움의 정조와도 연결되어 있음을 추론할 수 있다. 하지만 더욱 중요한 것은 그리움의 정서가 타자를 향한 유대와 연대의 관계에 토대를 두고 있다는 점인데, 다음 시가 이를 잘 보여준다.

> 밥상머리 게장이 맛깔스러워
> 게딱지를 화−악 뜯었다
> 게야 미안 미안타 통성기도 중인 줄 몰랐다
> 도무지 바로 걷지 못하고
> 옆으로 엄금엄금 기어올라
> 밥상머리에 엎드려 울어야 하는
> 서러운 네 몸짓의 의미를 미처 몰랐다
> 슬퍼하지 마라
> 이제부터라도 허위적虛僞的 거리지 않고
> 나도 옆으로 옆으로 이웃 돌아보며 살다가
> 네가 살던 구럭으로 돌아가겠다
> 게딱지에 바다가 가득 고여 온다.
> ─「게딱지에 밥을 비비며」 전문

이 시에서 가장 중요한 시적 관심은 게의 걸음걸이인데, "도무지 바로 걷지 못하고/ 옆으로 엄금엄금 기어올라/ 밥상머리에 엎드려 울어야" 한다는 것이다. 그런데 옆으로 걷는 게는 왜 밥상머리에 엎드려 통성기도를 하면서 우는 것으로 시적 주체에게 인식되는 것일까? "이제부터라도 허위적虛僞的 거리지 않고/ 나도 옆으로 옆으로 이웃 돌아보면 살다가"라는 대목에서 그러한 인식의 배경을 발견할 수 있다. 그러니까 앞만 보고서 걸어가는 삶이란 자신의 성공과 보람만을 위한 것이며, 거짓과 가식으로 가득 찬 허위적인 삶이라는 것, 하지만 옆으로 걷는 삶이란 이웃을 돌아보며 함께 더불어 살아가는 삶이라는 시적 논리가 숨어 있는 것이다. 그런데 "밥상머리에 엎드려 울어야 하는/ 서러운 네 몸짓의 의미를 미처 몰랐다"는 구절을 보면 옆으로 걷는 삶, 즉 타자와 연대와 공감을 이루는 삶이란 울어야 하는 삶이며 서러운 정조로 물드는 것임을 발견할 수 있다. 타자의 삶으로 눈을 돌린다는 것은 그들의 고통과 아픔을 마주한다는 것이며, 그것을 자신의 것으로 수용한다는 것이기에 옆으로 걷는 삶은 공감과 서러움의 정조를 발산할 수밖에 없는 것이다. 시의 마지막 행에서 묘사하고 있는 게딱지에 가득 고여 오는 "바다"는 바로 공감과 연민의 유대감이라는 바다를 지칭하는 것이며, 서러움과 그리움이라는 정조의 바다를 지칭하는 것이기도 하다. 타자의 삶에 대한 관심, 공감과 연민, 연대와 유대의 관계가 바로 그리움과 서러움의 정서적 모태라는 것을 알 수 있는데, 다음 작품에서도 이를 다시 확인할 수 있다.

바람꽃을 알기나 하니?
날갯짓이 있어도
날아갈 곳이 없어
촘촘하게 얼어붙은 생애生涯 속에

이토록 바람이 서리서리 녹아있었나

낡은 수첩 속에 살고 있는

옛사랑의 모습을 조각하며 평생을 바친

어느 전각가篆刻家의 생애를 읽으며 둔치에 서면

성성이 깎여나가는 기다란 겨울 강가

자작자작 찍힌 발자국에

수몰된 바람이 부화하는 것을 볼 수 있지

가만 가만있어

수런수런 그리운 게 너무 많아

문풍지를 붙들고 펑펑 울었어.

내가 울면 피는 꽃 이름이야

― 「바람꽃」 전문

　복수초와 함께 눈 쌓인 벌판에서 피어나 봄을 예고하는 바람
꽃을 묘사하고 있는데, "촘촘하게 얼어붙은 생애生涯 속에"서도
"이토록 바람이 서리서리 녹아있"어서 비상의 염원으로 피어나
는 것이 바람꽃이라는 것이 시적 메시지이다. 그런데 이러한 바
람꽃의 염원 속에는 "옛사랑의 모습을 조각하며 평생을 바친/
어느 전각가篆刻家"가 마음속에 지닌 염원도 포함되어 있다는 점
에서 감동이 배가된다. 물론 바람꽃의 염원에는 시적 주체의 그
것도 포함되어 있다. 옛사랑의 모습을 한평생 새기면서 살아온
전각가의 생애를 읽으면서 시적 주체는 "겨울 강가"에 찍힌 발
자국을 보면서 거기에서 부화하는 바람을 발견하는데, 이러한
장면은 과거의 기억 속에서 전각가와 같은 애틋한 추억을 회상

하게 되고, 그러한 회상으로 인해서 그리움의 정동으로 빠져드는 시적 주체의 모습을 상상할 수 있다. 이러한 그리움의 정동은 시적 주체를 "펑펑 울"게 만드는데, 이러한 울음으로 인해서 피어나게 되는 꽃이 바람꽃이다. 그러니까 바람꽃이란 돌아갈 수 없는 과거의 시간과 추억에 대한 그리움과 서러움의 정조가 함축되어 있는 꽃이라고 할 수 있으며, 그리움과 서러움의 정조로 인해서 터져 나오는 울음을 담은 울음통의 꽃이라고도 할 수 있다. 그리고 그것은 다음 시에서처럼 끊어진 인연이 피워올린 꽃이기도 할 것이다.

> 빗금을 그으며 虛虛虛 날아오른다
> 연줄이 끊어졌다
> 바람 따라 아스라한 소실
> 모든 것은 유성처럼 정녕 사라져간다
> 이별이라 했다
> 가늘고 긴 꼬리가 쓸어 올리는 머리카락 같은
> 바람의 유영이 아리다
> 마저 못한 수많은 이야기
> 헤이리 돌무덤 위에 까무러치고
> 까마득한 창연悵緣 착하디착한 그대를 위하여
> 마침, 저 하늘에
> 한 점의 緣을 새겨두고자
> 한 마리 슬픈 새가 되어
> ―「줄 끊어진 연처럼」 전문

"빗금을 그으며 虛虛虛 날아오르"는 연은 이승에서의 인연因緣이라는 것이 얼마나 허망한 것일 수 있는지를 대변한다. 연줄로 나와 연결되어 있다가 문득 끊어지면 "유성처럼" 사라지고 마는 연鳶은 연緣의 일회적이고 찰나적 성격과 유한한 속성을 함축하고 있다. 시적 주체는 이러한 인연에 대해서 "정녕 사라져 간다"고 하거나 "이별이라 했다", 그리고 "바람의 유영이 아리다"라고 하면서 상실감과 허탈감에 젖어 들게 되는데, 이러한 정서적 반응의 결과는 역시 서러움으로 귀결된다. "한 마리 슬픈 새"가 바로 그러한 서러움의 정조를 응축하고 있는데, "한 마리 슬픈 새"가 끊어진 인연으로 인해서 혼자 남아 텅 빈 시간들을 감당해야 하는 시적 주체의 분신으로 이해할 수 있기 때문이다.

울음통의 가장 중요한 요소를 차지하는 그리움의 정조에 대해서 살펴보았다. 그리움의 정서는 타자를 향한 연민과 공감의 결과물이라는 것, 타자와 형성했던 과거의 시간과 추억에 대한 회상의 산물이라는 것, 그리고 유한한 이승에서의 인연이라는 것이 만들어내는 눈물과 같은 것이라는 사실을 확인할 수 있었다. 그러니까 그리움이라는 정서는 시인이 타자와 맺는 연대와 공감에 의해서 이루어지는 연민과 안타까움이라는 사실을 확인할 수 있는데, 시인이 자신의 실존적 조건에 오롯이 몰두할 때는 슬픔과 서러움의 정동이 주류로 부각된다.

3. 서러움, 혹은 유한한 존재의 삶의 자양분

시인은 「밤송이」라는 시에서 "네 사주에는 가을이 들어있음을 잊지 마라/ 참회를 마친 착하고 순결한 계절이/ 설움이나 슬픔을 하나씩 꺼내놓고(「밤송이」)라고 하면서 설움이나 슬픔이 자신의 운명과 같은 것임을 고백해 놓고 있다. 실제로 이 시집의 많은 시편들이 서러움의 정서에 감염되어 있거나 그것의 영향권 아래에 놓여 있는데, 울음통으로서의 시라는 시인의 시론의 핵심적 기제는 바로 서러움의 정동임을 확인해주고 있는 사실이라고 할 수 있다.

그런데 이러한 서러움, 슬픔의 정서는 대부분 자신이 처한 운명에 대해 눈을 돌릴 때 발생한다. 즉 자신 또한 어쩔 수 없는 생로병사의 보편적인 삶의 형식에 속해 있다는 것, 오욕과 칠정에 의해서 휘둘리면서 연약한 본성을 감내할 수밖에 없다는 것, 불멸의 신이 아니기에 자신의 삶이 언젠가는 끝에 도달한다는 사실을 수용해야 한다는 것 등의 실존적 사실에 대한 확인에서 서러움의 정조가 촉발되고 있는 것이다. 시인은 이러한 운명을 확인하고 시적 공간을 통해 실컷 울면서 자신의 유한한 본성에 대한 한을 풀고 그것을 수용하게 된다. 마지막으로 그 양상들을 확인해 보자.

슬픔이 아름다울 때가 있다
하여 인생이 아름다운 거지
바람 시원하고 양지바른 곳에

빠샤는 엉엉 울다 천상에 오르고

날마다 오장육부에 차곡차곡 채워지는 질량의 법칙이

빠샤의 눈빛만큼 슬프고

가난해서 착한 눈물이 차라리 아름다웠다 기억하자

간헐적으로 울컥거리는 슬픔의 의미는 곁에 있고

길 가생이부터 생애는 서서히 점령되어 가고 있다

주어진 무게만큼 감당하고자 꽃을 피우는 이면에

녹슬어가는 소리가 더욱 서럽다

그저 나약하고 어리석었을 뿐

미안하다 울음을 많이 쌓아 놓아서

슬픔을 발명한 자는 알고 보면 자신이다

더러는 돌아오는 길

언덕에 올라 목 놓아 울어보자

우리의 슬픔에 속한 인생에 대하여 이야기하자

때로는 슬픔이 아름다울 때가 있지

하여 인생이 아름다운 거지.

— 「슬픔을 이해하기 위한 일곱 번째 사유」 전문

우리는 모두 "엉엉 울다 천상에 오르"는 것처럼 죽을 운명을
타고 났다는 것, "오장육부에 차곡차곡 채워지는 질량의 법칙"
처럼 에덴 추방 이후 우리는 모두 먹고살기 위해서 힘겨운 노동
에 종사해야 한다는 사실에서 슬픔의 정서가 생성된다. 또한 우
리의 인생이란 "길 가생이부터 생애는 서서히 점령되어 가고",
"꽃을 피우는 이면에/ 녹슬어가는 소리가 더욱 서럽"게 들리는

것처럼 쇠락과 소멸의 운명을 타고났다는 데에서 서러움의 정조가 발산된다. 그러니까 슬픔이라든가 서러움이라는 정서는 타자가 외부에서 부과하는 것이 아니라 자신의 내면에서 스스로 길어올려지는 것이다. 시인이 "슬픔을 발명한 자는 알고 보면 자신이다"라고 잠언처럼 지적한 것은 슬픔이라는 정서의 내재적 성격인 셈이다.

사태가 이러하기에 시인은 "언덕에 올라 목 놓아 울어보자"고 제안하기도 하고, "슬픔에 속한 인생에 대하여 이야기하자"고 권유하기도 한다. 그러면서 시인은 "슬픔이 아름다울 때가 있다"고 하면서 그러하기에 우리의 "인생이 아름다운 것"일 수 있음을 강조한다. 쇠락하고 죽고, 녹슬어가고 소멸하는 과정이 아름다울 수 있는 이유는 무엇일까? 연암이 설파한 것처럼 지극한 정情이 발현되어 나오는 것이 울음이라 한다면, 울음은 슬픔에 속한 인생이라는 형식에 딱 맞는 표현양식이며, 따라서 그것은 저절로 이치에 딱 맞게 되는 양식이라고 할 수 있을 것이다. 본디 슬픈 정동으로 물들게 되어 있는 것이 인생이라면 슬픔을 인정하고 그것을 받아들이는 행위가 "언덕에 올라 목 놓아 울어보"는 것일 수 있다. 그러니까 슬픔이 아름다울 수 있고, 인생이 아름다울 수 있는 것은 그것을 있는 그대로 인정하고 받아들이는 것, 곧 이치에 맞는 것을 인정하고 그것을 수용하는 태도에서 나온다고 할 수 있다. 슬픈 인생은 충분히 울어볼 만한 가치가 있는 셈이다.

그는 낙타를 타고 모래 능선을 따라 가버렸다.

이내 돌아오지 않는 카인을
이토록 오래 기다릴 줄은 몰랐다.
천명天命이 그토록 달라붙을 줄은 몰랐다.
껍질 단단한 투구鬪殼에 독이 바짝 오른 가시를 품고
여기서 고립되고 마는가?
선인장은 제 몸에 가시를 박아 넣을 뿐
버거워하던 실 줄 같은 호흡마저 움찔하지 않는다.
속살에 고독이 잠복해 있을 줄 몰랐다.
누구나 고독해지면 길을 떠나듯
누구든 길을 떠나고 뒤를 따라 카인도 떠났다.
필경, 그가 지닌 고독의 깊이를 알 수 없어
돌아올 기약 또한 알 수 없다.
한 갈피의 지워지지 않는 기억과
삶의 형식마저 설득할 수 없다.
목이 마르다.
혓바늘이 무수히 돋아난다. 서럽다. 죽도록 서럽다
서럽지만 그대의 그리운 무엇이 되고 싶다.
　　― 「말라죽은 선인장과 카인을 위한 노래」 전문

　잘 알려져 있듯이, 카인이란 아담과 하와의 맏아들로서 자신
이 받친 제물이 야훼에게 받아들여지지 않고 동생 아벨의 제물
만 받아들여지자 질투심에 그를 돌로 쳐서 죽인 인류 최초의 살
인자이다. 카인은 그 죗값으로 영원히 떠돌아다니는 벌을 받게
되었는데, 그 운명은 여러모로 인간의 보편적인 운명을 암시한

다. 시기와 질투로 인해서 죄를 짓게 된다는 것, 그 죄로 인해서 한곳에 정착하지 못하고 영원히 떠돌게 될 운명을 받게 되었다는 것 등이 인간의 운명을 암시하고 있는 것이다. 우리가 아담과 하와의 후손이듯이, 카인의 후손이기도 하다면 그러한 운명은 우리 모두에게 원형과 같은 것으로 전달되고 있을 것이기 때문이다.

그런데 이 시에는 카인을 기다리는 선인장이라는 또 다른 운명이 등장한다. "껍질 단단한 투구鬪毆에 독이 바짝 오른 가시를 품고" 사막에 고립되어 있는 선인장! 선인장은 "제 몸에 가시를 박아 넣은" 채, "호흡마저 움쩍하지 않"으며 "고독"을 체현하고 있다. 시적 논리에 의하면 카인 또한 깊이를 알 수 없는 고독 때문에 길을 떠났는데, 선인장은 고독을 체현하면서 그를 기다리고 있는 셈이다. 그러니까 지상에는 형제를 살해한 살인자라는 낙인이 찍힌 채 깊이 모를 고독을 품고서 한평생 떠돌아다닐 운명과 "돌아올 기약 또한 알 수 없"는 카인을 기다리면서 깊이를 알 수 없는 고독을 내면으로 삭혀야 하는 운명만이 존재하게 된다. 시적 주체는 이러한 삶의 형식을 대면하고서 "서럽다, 죽도록 서럽다"라고 토로하고 있는데, 이러한 구도에서 서러움이란 곧 인간의 나약하고 불가피한 운명에서 유래하고 있음을 추론할 수 있다. 시적 주체는 시의 마지막 부분에서 "서럽지만 그대의 그리운 무엇이 되고 싶다"고 하면서 그러한 서러운 운명을 감싸 안으려는 자세를 보여준다. 인간의 유한성과 속악한 성질로 인해서 야기된 서러운 운명을 인정하고 포용함으로써 그것을 그리움의 정동으로 바꾸어보려는 시도는 슬픔을 아름답게 보려는 시도와 다르지 않을 것이다. 마지막으로 슬픔이 삶의 자양분이 되는 메커니즘을 보여주는 시를 한 편 더 읽어보자.

허파꽈리 울기 시작하면
슬픔도 한 잎씩 뚝뚝 떨어진다.
울지 마라 아무것도 아니다
먼저 길을 떠나는 것은
가을이고 뒤를 따를 뿐
냉수 한 사발 들이켰더니 눈물이 난다
그리운 것은 늘 멀리 있고
차지할 것도 빼앗길 것도 없는
들판이 세상의 전부라 치자
시들 것은 시들고 우리들의 생애는 여전히 울긋불긋하다
떨어질 것은 떨어지고
흩날려 가는 거야 그렇게 그래서 눈물이 나는 거야
남을 것들만 남아 가슴으로 스며드는
들판의 적멸赤滅을 두려워 말자
여행을 떠나는 것일 뿐 살아 살아내다 보면
내 좋아하는 진달래도 훌쩍훌쩍 피어날 거라네
낙엽 붙들고 앙앙대던 바람이
나랑 살 거라 살랑살랑 돌아오면
빨간 관형사를 머금은 허파꽈리
다시 앙앙거릴 거라네
— 「허파꽈리」 전문

허파꽈리란 허파 내에서 가스교환이 이루어지는 기관으로서 체내에서 형성된 이산화탄소를 배출하고 산소를 취하여 온몸으로 전달하는 공기주머니이다. 그러니까 허파꽈리란 들숨과 날숨이 교차하면서 생명 현상이 유지되는 현상을 함축하고 있는 기관이라고 할 수 있다. 시적 주체는 "허파꽈리가 울기 시작하면/ 슬픔도 한 잎씩 뚝뚝 떨어진다"고 하면서 삶이란 슬픔으로 이루어진 것임을 강조한다. 그러니까 들숨과 날숨의 교차는 슬픔을 생성하는 것이며, 시간이 지나면 낙엽이 지듯이 그러한 슬픔도 뚝뚝 떨어진다는 시적 인식을 표출하고 있는 셈이다.

물론 허파꽈리에서 이루어지는 들숨과 날숨은 시간의 형상이기도 한데, "먼저 길을 떠나는 것"이라는 표현이나 "시들 것은 시들고", 혹은 "떨어질 것은 떨어지고", "흩날려 가는 거야 그렇게" 등의 표현들이 시간의 예술인 생명이란 곧 소멸과 쇠락의 길을 걸어가야 한다는 것을 암시한다. 이러한 삶의 형식을 대하는 태도가 바로 서러움이며 슬픔인데, "눈물이 난다"거나 "그래서 눈물이 나는 거야"라는 표현들이 조락과 소멸의 삶의 형식을 대하는 태도가 슬픔임을 분명히 한다. 그러니까 지극한 정情이 넘쳐흐르게 되면 울음이 토해지듯이 서러운 삶의 형식을 대하다 보면 자연스럽게 눈물이 흘러나오는 것이라는 시적 진술인 셈이다.

그런데 그처럼 눈물이 나고 그러한 상황을 수용하고 포용하다 보면, "남은 것들만 남아 가슴으로 스며"들게 되고, "들판"은 "적멸赤滅"로 가득 차게 된다. 여기서 '적멸'이라는 어휘에 주목할 필요가 있는데, 시인은 의도적으로 '적멸寂滅'이 아니라 '적멸赤滅'로 강조해 놓고 있기 때문이다. 적멸寂滅이란 죽음, 입적, 열반과 같은 뜻으로 사라져 없어지는 것을 의미한다면, 적멸赤滅이란 "생애는 여전히 울긋불긋하다"라든가 "빨간 관형사를 머금은 허파꽈리"라는 표현에서 알 수 있듯이 삶의 열정과 의지로 들끓고 있는 고요를 의미한다. 그러니까 이 시의 시적 논리는 시들고 떨어지고 소멸할 운명을 지닌 생명들이 그러한 현실을 인정하고 포용하는 형식이 바로 눈물이라고 할 수 있는데, 눈물은 남아 있는 것들을 가슴으로 받아들이도록 하고 삶의 열정과 의지를 회복하게 한다는 것이다. 시인은 시를 마무리 지으면서 "빨간 관형사를 머금은 허파꽈리/ 다시 앙앙거릴 거라네"라고 표현하고 있는데, 여기서 '앙앙거리다'는 시어는 울음을 함축하고 있으면서도 삶의 열정이 분출되는 역동성을 응축하고 있기도 하다. 그리고 이러한 표현은 곧 살아간다는 것은 앙앙거리는 울음을 우는 것이라는 논리도 내포하고 있기도 하다.

임영만 시인의 시적 세계에 대해서 '울음'을 중심으로 조감해 보았다. 시인에게 시란 오욕칠정으로 가득 찬 마음을 풀어헤칠 '울음통'이었다는 것, 울음통이란 곧 억눌린 감정과 응어리를 풀어내는 해방과 정화의 기제라는 것을 확인하였다. 또한 이러한 울음통은 생로병사의 길을 가야 하는 삶의 형식이 내재하고 있는 도구라는 것, 쇠락의 길을 걷다가 끝에 도달해야 하는 삶의 길이 자연스럽게 발산하는 정서적 태도라는 것도 알 수 있었다. 그리고 그러한 울음은 곧 서러운 삶의 형식을 감싸 안는 포용의 형식이면서, 서러움의 삶이 지속되고 유지되기 위한 자양분이라는 것도 추출할 수 있었다. 이처럼 울음의 효용성이 지극한데,

어찌 시적 공간이 울음으로 채워지지 않을 수 있겠는가? 그래서 시인은 애써 시적 공간을 창출하고 거기에서 크게 한 번 울어보는 것이 아니겠는가?

임영만 시집

詩 한 줌이 너였다가

발　　행 2022년 1월 22일
지 은 이 임영만
펴 낸 이 반송림
편집디자인 김지호
펴 낸 곳 도서출판 지혜 · 계간시전문지 애지
기획위원 반경환 이형권
주　　소 34624 대전광역시 동구 태전로 57, 2층 도서출판 지혜 (삼성동)
전　　화 042-625-1140
팩　　스 042-627-1140
전자우편 ejisarang@hanmail.net
애지카페 cafe.daum.net/ejiliterature

ISBN : 979-11-5728-453-5 03810
값 11,000원

임영만

임영만 시인은 1963년 강원도 주문진에서 태어났고, 연세대학교 행정학과를 졸업했다. 시집으로는 『서로 등이 되어』, 『늪지 일기』, 『신화의 땅』, 『풍장』, 『다시 이 자리에』, 『명왕성에서 온 스팸메일』, 『직선 혹은 곡선으로』(이상 공저) 등이 있고, 현재 서해종합건설(공공사업부장)에서 근무하고 있다. '비탈' 시동인(1987년-2021년), '벼리' 시동인(2009-2012년), 한국문인협회 의정부지부 시분과 소속(2019-2021)으로 활동했으며, 2018년 12월 14일 한국예총 경기도연합회 특별공로상과 2019년 11월 29 제28회 경기도문학상 공로상을 수상했다.

임영만 시인의 이번 시집 『詩 한 줌이 너였다가』는 하나의 울음통이라고 할 정도로 곳곳에 울음소리가 퍼져 있으며, 사무친 칠정의 정동이 흘러넘친다. 거대한 인생의 바다를 거닐며 시인은 자연스럽게 생성되어 마음에 쌓인 서러움을 시적 공간이라는 광야에서 마음껏 토해내고 있는 셈이다. 그러니까 시인에게 시란 서러움을 풀어내는 해원解寃의 공간이자 구속이나 억압, 혹은 속박으로부터 자유로워지는 해방解放의 기제가 되는 것이다.

이메일 : ymim2000@seohai.co.kr